이발소 거울 앞에 앉아

마음이 외로운 어린이를 위한
진홍원의 제4동시집

〈서시〉 동심의 시

동심의 시를 쓰는 일은
머리에 비를 맞는 일이다
비 맞고 파릇파릇해진 마음으로
가슴을 켜고,
비에 씻긴 세상 찾아가
눈 반짝이며 인사하는
어린이가 되는 일이다

동심의 시를 쓰는 일은
가슴에 눈을 맞는 일이다
새록새록 추억의 난로 피워 놓고
꿈으로 가슴 밝히며
눈 쌓인 세상 찾아가
한 아름씩 껴안아 보는
어린이로 다시
태어나는 일이다.

차례

제1부 '동자승' 등 18편

제2부 '손이 발에게' 등 18편

제3부 '안드로메다에서 온 여자' 등 26편

'동자승' 등
18편

*건너갈까 말까?

건널목이닷!
하지만, 한참을 기다려도
지나가는 차가 없잖아,
이럴 땐 그냥 건너가는 건데…,
신호 기다리다간 늦어….
그렇게 한참이나 서 있으니
오금이 당겼다

으앗, 꼬맹이들이닷!
건너편에 알밤만한 꼬맹이들이
죽 늘어서 있다
선생님 손 다정히 잡고
새로운 하루를 맞아 가슴 부푼 듯
파아란 하늘을
바라보고 있다

저 또랑또랑한 눈망울들 앞에서
후다닥 건너면
어쩌면 저 눈망울들이 휘둥그레질 거야
저렇게 큰 형아가
어떻게 저렇게 위험한 짓을 하느냐고,
안 돼! 그래선….

생각하는 중에 파란불이 켜졌다
꼬맹이들이 아장아장 건너왔다
내가 자랑스럽게 건너갔다
모두모두 환하게 웃었다.

*국가대표 선수

감독님 앞에선 '네, 네⋯'
순한 양처럼 고개를 숙이던 선수들이
일단 시합에만 들어서면
눈을 부릅뜨고 온몸을 날리는
사자들이 된다

전엔 서로를 보며
눈을 부라리기도 했지만
일단 국가대표가 되어 한 팀이 되면
점수를 올릴 때마다 서로 부둥켜안고
"언니야, 아우야" 등을 두드려 주며
격려해 주기에 바쁘다

비디오 판독 땐 모른 척
가만히 서 있더니
판독 결과가 나오자 번쩍 손을 들어
즉각 자기의 실수를 인정한다

시합이 끝나면 상대편 선수에게 다가가
정중히 고개를 숙이고 악수를 청하며
"당신 정말 최고였다"고
엄지손가락을 추켜 올린다.

*교통정리 할아버지

학교 갈 때면 언제나 로터리에 서서
하얀 제복 입으시고 호루라기 입에 물고
교통정리 하시는 할아버지!

건널목 차단기처럼 좌우로
힘차게 팔을 흔드시면서도
위반 차량 보시면 호루라기 불며
영락없이 찾아가 주의를 주신다

4학년 때도, 5학년 때도, 언제나 그 자리,
지나가는 사람들이
경례를 붙여 인사를 하면
할아버지도 어깨를
으쓱하신다

뜨거운 아스팔트 위에서도
꽁꽁 언 겨울바람 속에서도

언제나 그 자리에 서 계시더니,

아! 어느 날 그 자리에
신호등이 들어섰네.

*강아지

네가 귀여운 것은?
그래 그래, 얼굴이 예뻐서가 아니야
항상 앞발 들고 달려와 멍멍 짖어주기 때문이야

어느 땐 네가 안쓰럽고 사랑스러운 것은?
그래 그래, 훌쩍훌쩍 뛰며 빨리 달리기 때문이 아니야
아플 때 보면 한쪽으로 누워
혼자서 낑낑대며 작은 소리로 앓기 때문이야

병원에 가자고 해도 안 가려고 떼를 쓰다가
너무나 아파서인지 아니면
저까지 병원 가는 게 미안해서인지
쩔룩쩔룩 마지못해 따라오기 때문이야.

*군화

아기가 군화를 신고 있어요
뿅뿅뿅 뚫린 구멍마다
어떻게 끈을 매야 하는지
곰곰 생각하고 있어요

끈을 치렁치렁 늘어뜨린 채
작은 발을
구두 혓바닥까지 함께 그 큰 구두
구멍 속에 집어넣고는
마침내 간신히 일어났어요

무릎만큼 올라온 군화를 신고
가만히 손을 들어 보네요
앞꿈치 뒤꿈치 바람 빵빵히 넣고
나도 한번 뚜벅뚜벅 걸어볼래요
라는 듯….

*기도 · 2

뒤란에 서 있는 항아리다

억척스레 물건 내미시는
땅딸막한 키의 시장 아줌마다
통학버스에 매달려 울상 짓다가도
금방 웃음 짓는 어느 여학생이다
부엌 한켠에서 눈물짓고 계시는
어머니시다

그렇게 항아리 속 메주는 익어
마침내 숯과 고추에 걸러진
간장이 되리니
아무도 모르게 햇살 담고
하늘도 담아
속으로 속으로 익어가는
조선 항아리다.

*기차

스르르
기차가 밀려간다
전봇대가 따라간다
먼 산, 들녘이 함께 간다.

하늘도 함께 간다
오, 타고 있는 사람들도
나랑 같이
함께 간다.

그럼, 이 세상도
우리 모두
함께 타고 가는
기차 아닐까?

*꿈나라

어디가 어딘지도 모르게 쏘다니다가
언젠가 기차 타고 가 봤던 곳, 남폿불 켜진 집
"앉으세요, 도련님!"
잘 차려진 맛난 음식에 흐뭇해하다가
갑자기 뒤가 마려 변소를 찾았으나
아뿔싸! '만원사례'

바지를 잡고 허둥대는데,
금세 마귀할멈으로 변한 아줌마가 마술을 건다
"수리수리 사바하, 네가 꾀동이냐?
꾀동이라면 이 유리잔에 들어가거라."

다리야 날 살려라 정신없이 도망치다가
(근데 왜 이렇게 다리가 무겁지?)
구름을 잡고 다리 난간 위로 살짝 내리는 순간
어랍쇼, 저 아래 빨간 지붕 위로 정신없이 떨어진다

그 순간, 꿈에서 깨어 다시 아련히 그리워지는
꿈나라,
맨날 갔다 와도 다시 가게 되는
이상한 나라, 꿈나라!

*나의 스승

도시락 위에 노오란 달걀부침 하나
왕관처럼 얹고
소시지 반찬까지 싸 갔으면 하던 것이
내 어릴 적 꿈이었다
그리고 나서 몇 학년이 지난 후에야
소시지 먹는 애들이 김치만 먹는 애들의 마음을
헤아려야겠구나 생각했다

그때는 연필에 깍지를 끼우고
공책 중앙에 경계선을 그었다
수도꼭지 앞에서 흐르는 물만 받아
세수를 하였다
그렇게 땀을 씻어내며
푸푸 내뱉는 입술소리보다 더 상쾌한
물의 고마움을 느꼈다

먼 데 별보다 가까운 풀 한 포기가
더 소중함을 알았고
오늘 하루가
우리의 스승임을 깨달았다
그래서 그때 우리의 꿈은 그렇게
물처럼 맑고 별처럼 빛났던 걸까

*내 꿈의 키

5학년 때 내 키는 넉 자,
하지만 내 꿈의 키는 다섯 자, 여섯 자…
신드바드의 요술담요를 타고
손오공의 여의봉을 쥐고
선녀와 나무꾼의 금강산이랑
'어린 왕자'의 별나라 돌아다니는
내 세상은 너무 넓었는데…,

중1인 지금 내 키는 다섯 자 한 치,
하지만 내 꿈의 키가 조금 작아져
별나라 가려면 로켓을 만들고
나쁜 놈 물리치려면 무술을 배워야 하는
내 세상이 조금은 작아진 것 같다

이 세상 끝까지 날아올라
나의 왕국 세우기 위해
날랜 용사의 갑옷을 입고

날마다 날마다 내 생각의 칼을
갈고 또 닦아야지.

*내소사 직소폭포

앞에 바다를 불러 놓고
병풍처럼 산에 둘러싸여
절이 하나 들어섰습니다

사람들은 그곳에
탑을 쌓고
정성을 쌓아
향기 그윽한 절을
이루었습니다

절 건너 다시
산을 하나 넘으면
높은 산에 흐르는 물이 고여
곧게곧게 떨어지는
폭포를 이루었습니다

사람들은 오늘도 허위허위
그곳에 올라
폭포를 보며 하늘을 보며
잠시 나무아미타불이
되어 봅니다.

*내 자전거

‘위로’ 단추를 누르면
비웅- 잠자리처럼 떠올라
‘앞으로’ 단추를 누르면
스르르스르르 가벼운 소리를 내며
앞으로 나아가는,
세발자전거보단 크고 자동차보단 작은
그런 자전거예요, 내 자전거는.

지붕 위에 떠서
‘뒤로’ 단추를 누르면 뒤로 기고
‘비켜’ 단추를 누르면
장애물을 살짝 비켜 나아가는,
이티 소년보다 더 신나고 아슬아슬하게
도시를 지나 산과 강을 넘는
날아가는 자전거예요,
내가 장차 커서 타고 다닐
자전거는요.

*누군가 계시기 때문

날마다 날마다 이렇게
고개를 숙이고 기도하는 것은
거기 누군가가 계시기 때문이 아닐까,
이렇게 눈을 감고 손을 모아야
보이는 분이….

야호 소리에 산이
메아리로 대답하듯,
푸르른 들녘이
날마다 날마다 일하는 농부들에게
일용할 양식을 내어주듯,
그렇게 우리 마음 헤아려
조금씩 조금씩
내려 주시는 분이….

아무도 모르게
조금씩 조금씩….

*동자승

우린 아기 때부터 부처래요,
세수하고 양치질하며 하늘 보면
파아란 하늘 눈에 박혀
우린 아기 때부터 부처래요.

가사 입지 않아도 무릎 꿇고 바라보면
천년 부처님 빙그레 웃으시고
대웅전 염불 소리에 마음 상쾌해
우린 아기 때부터 부처래요.

오가는 스님들
우리 머리 쓰다듬어 주시고
섬돌 밑 소나무 사이 뛰놀다 보면
애송나무 파아란 새싹 우리 맘에 돋아
우린 아기 때부터 부처래요.

풍경 소리 들으며 어둔 하늘 바라보면
별들이 초롱초롱 눈에 박히고
깜박깜박 하루의 기쁨이 가슴을 밝혀
우린 아기 때부터 부처래요.

*대형 마트에서

와! 많다, 사람들이….
나는 이렇게 북적거리는 곳이 좋다
떠드는 우리 교실도.

와! 참 많다, 벼라별 희한한 물건들이
이 모두, 사람들이 쓰라고
만들어 놓은 것들인데,
애초에 이런 걸 만들 생각은
누가 했을까

물건들이 쌓여 있다
물건을 만든 사람들의 생각들이
쌓여 있다
사람들이 오고간다
생각들이 오고간다.

*둔배미공원

아파트 지을 때 새로 만들어진
우리 아파트 뒷산 둔배미공원,
멀리선 자동차 소리
가까이 학교에선 아이들 소리 왁자해도

쉬엄쉬엄 오르면 나무가 꽉 차 있고
배드민턴장에서 핑퐁장까지….
학교 가느라 학원 가느라
오늘에야 새삼스레 올라와 본다

핑퐁! 여태 안 올라왔었니?
핑퐁! 바람 한번 가득 마셔 보렴
핑퐁! 하늘도 한번 안아 보고,
둔배미공원 오르면
가슴에서 연신 핑퐁 소리가 난다.

*등대

망망한 바다 한 가운데 서서
한 줄기 환한 빛 뿜어내며
암초를 피하라 하신다

험한 파도 사이에 서서
온 힘 다해 빛줄기 뿜어내며
저쪽, 바른길로 가라 하신다

험한 세상 항해하는 너희들
아무쪼록 옳은 길로 가라시던
선생님들처럼,
온몸 불 밝히며
바른길로 가라시던
위인들처럼….

*뚝길에 서서

어스름 낀 저녁
아빠 손목 잡고 활터로 간다
활터엔 궁수는 없고 과녁만 있다

아빠랑 소근대다가
바람에 밀려 뚝길로 온다
아스라이 깜박이는 마을의 불빛들
누군가 날 부르듯
그리움에 젖는다

머리 위론 오늘도
별이 돋는다
뚝길에 서서
아스라이 켜진 마을의 불빛을 보며
언젠가 내 안에도 켜질
작은 불씨들을
찾는다

제2부

'손이 발에게' 등
18편

*바꿔 보기

우린 아기가 신기해
실눈을 뜨고 보고 있는데
아기는 너희들이 더 신기하다고
눈을 동그랗게 뜨고 본다

우린 하늘이 너무 파래
고갤 젖혀 바라보는데
하늘은 너희들이 더 푸르다고
구름 사이 얼굴을 내민다

우린 기차를 타고 북쪽으로 달려가는데
들녘은 우릴 보고 잘 가라고 손짓하며
남쪽으로 남쪽으로 달려간다

그렇구나, 이쪽과 저쪽을 바꿔 보니
세상이 참 희한하구나
우린 쟤가 왜 저렇게 뚱뚱하냐고 바라보는데

그 앤 우리보고
너흰 또 왜 그렇게 갈비씨냐고
바라보고 웃는다.

*발성 연습

끊임없이
자기 목청 갈아 끼우십시오
연습 때마다 되풀이하시는
우리 합창단 지휘자의 말씀이
우릴 웃기신다

자, 가슴을 쭉 펴시고
오늘도 새 물 한 잔 쭉 들이켜시고
날마다 닐마다처럼
오늘도 새 바람 좌악 들이마시고
우리 안에 끼인 먼지
말끔히 닦아냅시다그려
흐려진 눈(眼)도 갈아 끼우고
거친 숨은 저 솔바람으로
할 수 있다면 저 하늘빛으로,
막힌 가슴은 저 시냇물 끌어들여
우리 가슴에 푸른 강물

출렁이게 합시다그려, 되풀이하시는
우리 합창단 지휘자의 말씀이
오늘도 우릴 웃기신다

*밤 비행기

금방 우리가 두고 온 아랫세상 굽어보며
저 멀리 환한 불빛 아파트촌 내려다보며
번쩍번쩍 불을 밝히며 하늘로 떠오른다

모든 것이 흘러간다
자동차가 지나가고 옹기종기 동네가 지나가고
선을 그어 놓은 논밭들도 저만치서 손을 흔든다

밤 비행기를 타고 하늘에 떠 있으면
지난 세월이 꿈만 같다

하늘엔 다만 하얀 구름과 망망한 하늘과
내 꿈만이 끝없이 펼쳐져 있다

*번데기의 노래

나는나는 번데기야
징그런 내 허물 벗고 말 테야

꿈틀꿈틀 어디든 가서
뾰족한 손발 뻗어 아프게 찌르고
고약한 냄새 뿜어 칵 질리게도 하며
나는나는 번데기야
내 허물 벗고 팔랑팔랑 날아오를 테야

내 허물 벗고 짠짠,
다시 태어날 다음 세상엔
저 푸른 앞날 신나게 날아오를 테야.

*벌 받기

손을 들고 있자니 힘 빠진 문어가 되었어요
땀이 삐질삐질 나고
아까 잘못했다는 생각도 어디로 달아나고
나는 내가 왜 이렇게 되었는지 잘 모르겠다는
생각만 들었어요.

그래, 다음부터는 정신을 차려야지, 차려야지,
하다가
내 팔만 양팔 저울처럼 왔다갔다 했어요
내 마음까지 이리 갔다 저리 갔다 했어요.

*베토벤 아저씨

베토벤 아저씨는 저녁마다 찾아와
내 가슴에 처억 바이올린을 걸쳐 놓고
삐빼– 삐빼– 활을 긋는다

만년엔 귀가 잘 들리지 않으셨지만
새소리, 바람 소리, 세상의 온갖 소리를 살려
언젠가는 이 세상이 아름답게 되리라는 소식을
빠바바반– 빠바바반–
웅장한 교향악으로 들려주신다

그 소리 퍼져 나가 사람들을 불러 모으고
그 소리 따라 사람들이 푸른 산맥을 넘고
강을 건너 지구를 한 바퀴쯤 휘돌아 올 무렵,
그제야 나는 꿈나라 기차를 탄다

*보청기

말씀드릴 때면
으레 손나팔을 해야 하는 우리 할머니,
하루는 놀러 오신 동네 할머니가
뭐라 귀엣말을 하시자, 느닷없이
"어느 놈이 보청기를…?"
큰 소리를 지르셨지요.

할머니 가슴 속에 숨어 있다가
불쑥 뛰어니온 그 말에 놀라
그날, 온 식구들이
고개를 갸우뚱하며 생각에 잠기다가
할머니방 곁을 지날 때면
죄송해서 고개를 푹 숙이고
가만가만 소리 안 나게 지나갔지요.

*비밀 수첩

죽는 날까지 수십 년 동안
열쇠 달린 검은색 수첩 하나 갖고 다니며
장례 치르고 홀로 된 사람 이름 적어 놓았다가
그 해 성탄절 날 저녁 만찬에 초대했다는
어느 장례예식장 사장님의 이야기처럼,

우리 면장님도 비밀 수첩 하나 갖고 다니며
농사짓다 고향 등진 이 이름 적어 놓았다가
그해 가실 추석 무렵 저녁 만찬에 한번 초대해 보시면
어떨는지요?
우리 지서장님도 법 어겼던 이 이름 적어 놓고
우리 교장선생님도 학교 그만둔 애 이름 적어 놓았다가
그해 가장 뜻깊은 날 저녁 만찬에 한번 초대해 보시면
어떨는지요?

*사춘기

어느 날 어스름이 낀 다리 위에서
거기 아련한 나라로 흘러가는 산비탈을
보고 있을 때
밭에 앉아 있던 한 마리의 새가
나에게 날아왔다.

시린 추억과 아슴한 바다에만 머물던
나의 눈이기에
나는 이 앙증스런 새를 보며
같이 산 너머 푸른 나라로 날아가자고
조용히 말을 걸었다
새날이 오면 낯선 이의 말이
노래가 되게
함께 날아오르자고
새에게 조용히 약속하였다.

그리하여 지금은 어느덧 저녁
다시 그 으스름 낀 다리께로
나는 간다
언제 날아가 버릴지 모를
한 마리의 새를 향해.

*피에로

둥그런 안경 걸치고
깔때기 귀 달고
우리를 웃기시느라
막대다리로 껑충껑충 뛰는,
지나는 사람마다 악수 청하며
말 건네는 것이 좋아
언제나 헤헤 웃는,
키가 지붕만큼 크고
맘이 마당보다 넓은
저 피에로 아저씨는
혹시 우리 웃기시려고 내려온
이상한 나라 사람이
아니실까?

*새들의 말

새들의 나라에 갔었네, 아침 이슬 털며
새들의 말을 들었네, 나 혼자서.

나무 끝에 맺힌 새들의 말
숲속에서 들려오는 새들의 외침
바람에 흩어지며 호로롱호로롱 쨱쨱
후야히후야호 호르르르 끝이 없었네.

가만히 귀 기울이면 알 수 있는
새들의 말,
엄마 약 함께 캐왔다네.

*새들의 집

새들의 집은
나무 둥지,
코- 한숨 자고 난 뒤
콕콕 벌레 쪼아 먹는,

새들의 교실은
나뭇가지,
고개를 돌려
우리 보라는 듯
짹짹 책을 읽는,

새들의 운동장은
너른 하늘,
누가 더 빠르나
휘, 한 바퀴 휘돌아와선
팔딱팔딱 팔딱팔딱
숨이 차

가슴 팔딱이는.

*산성비

하늘빛은 푸른데,
우리가 사는 이 땅은 시방
연기 자욱하다.
마음을 태우고 계시는 아저씨
손끝에서도 연기는 타 오르고
공장 굴뚝마다 매캐한 연기
바야흐로 세상은 시방
자욱한 연기에 싸여있다

피어오른 연기는
비에 묻혀
다시 산성비가 되어 내린다는데
우리는 언제나
깨끗한 비를 받으려나?
하늘빛은 푸른데
자욱한 연기 위로 해는 다시
떠오르는데….

*세 번째 말

이제 돌 지난 지 두 달 된 우리 애기가
"엄마, 아빠"부터 부르기 시작했어요
그리고는 곧 "좋아, 좋아!" 했어요

어제는 함미*가 끄는 유모차 뒤에
내가 졸졸 따라가는데
어떤 아찌**랑 함께 가는 멍멍이를 보더니
주먹손 내밀며
"일르 와***, 일르 와."
중얼거렸지요

내가 깜짝 놀라자
같이 가던 함미도 눈을 동그랗게 뜨고
쳐다보셨어요.

*함미: '할머니'의 유아어
**아찌: '아저씨'의 유아어
***일르 와: '이리 와'의 유아어

*소원 하나

내 안에 샘이 있어
찰랑찰랑 넘치는
노래 하나
부르고 싶어라

노래는 시냇물 되어
졸졸졸 흐르다가
가뭄 탄 산과 들 적시며
온 들녘 넘치게 흐르는
강물 되어 흐르다가

바다에 이르러선
출렁이는 물결 위에
한 줄기 빛 비추는
별이 되어 뜨고 싶어라

*손이 발에게

축구 경기 중에 손이 발에게,
"발아! 이번에 너 참 잘 했다
그렇게 재빨리 공을 차 넣다니!"

그러자, 발이 머리에게,
"아니야, 네가 더 잘 했어.
네가 그 단단한 머리로
헤딩해 줬잖아."

그러자, 머리가 가슴에게
"아니야, 네가 더 잘 했어.
네가 그 간절한 마음으로
우릴 이끈 덕분이야."

서로가 서로를 칭찬하며
짝짝 박수를 쳤대요.

*시장에 가면

시장에 가면
눈이 휘둥그레지고 귀가 먹먹해진다
우리가 살아가는데
이렇게도 많은 것들이 있구나 하고.

시장에 가서
오래오래 바라보고 있으면
문득 깨달아진다
우리가 해야 하는 일이
바로 이렇게 주고받는 일임을….

시장에 가면
이런 이들도 있다
이렇게 더운 날
쑥갓이나 미나리나 상추 같은 건
가장 시원한 곳에 놓았다가
싱싱한 것으로 주려 하는,

으레껏 하나 더 주고 나서야 빙긋이 웃는,
그래서 가슴 속에서 휘파람 소리를 듣는
그런 사람들이 있다.

*수녀님들의 합창

수녀님들이 줄을 서서
합창을 하네
눈은 유리창 너머
먼 하늘에 모으고
속삭이듯 시작되는
저 그리움의 노래들!

철썩이는 물결 위에
배 한 척 떠가네
애타는 눈빛 타고
속삭이듯 출렁거리며
하늘문 가까이 이르러선
닿을 듯 말 듯 울려 퍼지는
천상 화음이여!

제3부

'안드로메다에서 온 여자' 등
26편

*아버지

"야, 일마야, 놀기 삼아 운동 삼아 일하면 안 되나?"
좀 전에 밭에 가신 아버지께서 하시는 말씀,

장날이면 으레 장에서 돌아오시며 우리 교실에 들러
"선상님, 우리 호철이 펑펑 때려가며 가르쳐주이소."
한껏 허리를 굽히시는 우리 아버지,

비척비척 사립문을 열고 들어오시더니 할머니께
"어무이요, 저 오늘 한 잔 했심더. 노래 한가락 하까요?"
뽑으시는 가락이 구성지시다

그러시는 아버지가 미워 투덜대다가 깜박 잠이 들
었는데,
"아이고, 호철아. 퍼뜩 일어나 학교에 가그라.
엊저녁 너거 아부지가 이불 피가 너를 자리에 눕혔
다 아이가?
아부진 벌써 밭에 가셨다."

부스스 깨어난 나에게 다그치시는 엄마의 목소리가
들려왔다.

*안드로메다에서 온 여자

우리나라 대관령에 가면
안드로메다에서 온 여자를 만날 수 있어요
별처럼 생긴 자그만 집을 짓고
창마다 빛이 나는 창을 달고
우주복에 싸인 채, 망원경으로
멀고 먼 도시의 불빛들을 바라보고 있지요.

그 여자는 가까운 근처 밭에
수수깡으로 지붕을 얹은 칙간*을 짓고
똥을 누고는 냄새나지 않게 재로 덮고
나무 삽으로 뒤로 가만히 밀어낸대요.

비록 지금은 한국이라는 나라에서 살고 있지만
애초엔 안드로메다에서 왔기에
지구에 전할 말 한 마디만 전하면
꼭 다시 돌아가겠노라고,
오늘도 머리에서 발끝까지 닿는 나무 침상에 누워

먼 하늘 바라보며
다시 돌아오라는 신호를
기다리고 있대요.

*화장실을 뜻하는 '측간(廁間)'의 방언

*아침 빛

사금파리에 아침 빛이 담겨
반짝 빛난다.

측백나무 숲에선
떠오르는 해를 향해 날아오르는 새 떼들

골목길마다 와자히 떠들며 날아 나오는
아이들 머리 위에
환한 아침 빛이
눈처럼 소복이 쌓여 있다.

*야간열차를 타고

야간열차를 타고 가면
어둠에 묻힌 마을이
들녘을 달려요

승객들은 꿈나라를 헤매고
아스라이 불빛들이 꿈결처럼 흘러요

저 빛나는 별들은
어느 곳을 밝히는 불빛일까요

살며시 손 흔들어 인사하고
나는 누구이며
어디를 향해 가고 있는지
가만히 별에게
물어봐요.

*어느 날 삐삐가

언제나 얼른 달려와
앞발 들고 껑충껑충 뛰며
반겨주던 삐삐가
늘 날 졸졸 따라다니며
멍멍 짖던 우리 삐삐가,

어느 날 아플 때 보니
혼자서만 울었습니다
안쓰러워 병원에 가자 해도
한쪽으로 돌아누워
우는 듯 웃는 듯
우는 듯 마는 듯
혼자서만 낑낑대며
울었습니다

뭐 하러 나까지 병원에 가?
라는 듯….

*어느 연꽃 연못

그 연못엔 벌도 나비도 없었어요
고여 있는 시궁창 물과
세차게 불어닥치는 비바람과
지난날 아프고 쓰라렸던 퀴퀴한 냄새와
눈 부릅뜬 선생님과
회초리를 대며 눈물 흘리시던 어머니와
이제는 잊어버리고 싶은
검푸른 지난날들 위에
하얗게 또 발그레하게
연꽃들이 피어났어요
자꾸자꾸 아련히, 아프게 아프게….

*어떤 할머니

"여보세요, 처녀!
우리 손주 못 봤수?"
이제 6학년인데 날더러 처녀란다
게다가 존댓말까지….
그냥 지나치려는데 내 옷을 잡는다
무섭기도 하고 불쌍도 해서
할머니를 따라 한참을 걸었다
"명규야! 명규야!"
따리오시면서도 누군가의 이름을
목놓아 부르신다

정류장에 와서야 거기서 만난 친구가
손주 잃고 그러신단 말을 해주었다
함께 할머닐 집에다 모셔다드리며
나도 왈칵 우리 할머니 생각이 났다
아직 사랑한다고 말해본 적 없는
우리 할머니, 그리고 엄마 아빠….

집에 들어서자
가장 먼저 할머닐 부둥켜안고
가만히 속삭였다
"할머니, 사랑해요."라고.

*어무이, 보고 잡소

'그리운 어머니'라는 국군의 방송 시간
"우리 아들 좀 찾아주이소, 찾아주이소!"
먼 섬에서부터
어느 엄마의 애절한 목소리가 들려 왔다

"저요! 저요!"
황소라도 잡을 듯한 장정들이
맨 앞줄부터 우루루 몰려나와
"예, 그렇습니다. 그렇습니다."
너도나도 눈물을 글썽이며
방송국에 찾아온 한 어머니를
모두 자기 어머니라고 우겨댔다

이윽고 진짜 아들이 나타나
자기 어머니를 무등 태우고 떠난 뒤에도
남은 아저씨들은 멍하니 주저앉아
"어무이, 보고 잡소*! 보고 잡소!"

굵은 눈물방울들을 닦아냈다

*보고 잡소: '보고 싶어요'의 방언

*오식도 당산나무

여기는 1994년 전라북도 오식도* 해안
산을 깎고 바다를 메워 육지와 닿은 후
지금 평탄화 작업이 한창이다

살던 사람들도 다 이사가고
허물어진 집터들만이 남아
스산하게 바람에 쓸리고
최후까지 남아 고기 잡던 사람들도
눈에 띠지 않고
언덕을 뭉개 둑을 쌓고 길을 만드느라
크레인 소리만 남아 울부짖고 있다

산허리가 패어 여기저기 살점이 드러나고
차마 이곳을 떠나지 못하는 무덤들과
산마루 언덕배기 당산나무만이 남아
사납게 불어오는 바람에 휘날리며

금방 인당수 뛰어들려는 심청이처럼

울고 서 있다

울고 서 있다.

*오식도: 전북 군산시에 딸린 섬. 지금은 육지화됨.

*외계인의 눈빛

어제도 그만 오줌을 쌌어요
안 싸려고 했는데
왜 자꾸 오줌 구멍은 열리는지요?

재밌는 시간 다 끝나고
갈려고 했는데
애들이 모두 열심히
선생님만 따라 해서
참다 참다
그만 조금 비집고 나왔어요.

변소에 가서
나머지를 급하게 싸고 있는데
화장실 한구석에 서 있던
누군가가 날 봤어요
외계인만 같은….

지금도 잊혀지지 않는
그윽하면서도 빛나는 그 눈빛….

*우리 모습

멀리서 보면
모이 쪼아 먹는 새 떼들 같을 거야
둥그렇게 빙 둘러앉아
머리 맞대고 쫑알대는 우리 모습이….

수금지화목토천해명
태양을 향해 맴도는 별들처럼
집에서는 엄마, 학교에서는 선생님
놀 때는 또 누구를 따라
맴도는 우리들…,

서로의 둘레를 돌아
꼬리를 끌며 떨어지는 별똥별처럼
오늘도 우린 누군가의 둘레를 돌다가
비로소 집을 향한다

내일 다시 시작되는
새날을 향해….

*어머님 전 상서

인사도 못 드렸는데 그렇게 훌쩍
가버리시는군요! 어머니……,
죄송해요

그날, 당신이 떠나신 길 너무 멀어서
문간에 서서 이렇게 바라만 봅니다
당신이 계셨던 세상 너무 춥고 아파서
이렇게 하염없이 바라만 보고 있습니다

백일해로 시름시름 앓던 저를,
시망스럽게 놀다 팔이 빠져 울부짖던 저를
당신은 업고 헐떡이며 읍내 병원까지 가 살리셨는데,
왜 저는 당신의 아픔과 서러움 씻어 드리지 못하고
당신이 기댈 의자가 되어 드리지 못한 채
끝내 떠나보내야만 하였나요?

어머니,
어느 먼 나라에서 이곳에 오셔
우리를 살리고 가신 이여!
이젠 이 세상 다 잊으시고 훨훨 날아
다시 그 먼 나라 높은 나뭇가지 위에 올라
이곳을 바라보고 계시진 않는지요?

다만 바라옵기는,
어머니, 부디 그곳에선 행복한 어머니가 되시어
또 다른 인연의 자식들을 사랑하소서.

*어떤 특송

"그리스도의 몸!"
"아멘!"
영성체가 끝나고
모두들 하늘 향해 손 모으며
잠시 침묵이 흐르는 사이,

"아아아아…,"
어디선가 들려오는 낭랑한 노랫소리
나섯 살짜리 미나가 흥얼기리는 소리,
묵상에 잠겨 침묵 속에서도
모두들 귀를 쫑긋 세워
듣고 있다

때아닌 특송에
어느 한쪽에서
'짝짝!' 박수 소리
날 것만 같다.

*웃음주머니 울음주머니

사람마다 무슨 주머니를
차고 있나 봐
웃음주머니, 울음주머니,
또 무슨 주머니….

옆사람이 웃으면
까르르 웃음이 터져 나오고
옆사람이 울면 코가 시큰
울음 방울 떨어뜨리는….

책만 읽으면
코가 시큰, 눈자위가 뜨뜻,
웃었다가 울었다가
회오리치는 가슴속
환희의 잔치가
기다려진다.

*육교

소인국에 나타난 거인처럼
도시 한복판을 가로막고 서 있다
양다리로 이쪽 길과 저쪽 길에
떡 버티고 서서
어디 한번 올라와 보라는 듯
사람들을 내려다보고 있다

그러게, 언제 내가 너 째려본 적 있니?
알봉만 나온 '마징가 제드'야!
라고 큰소리치며 계단을 오른다
난간을 잡아도 어지러운 육교는
다리 위 장사판처럼
비척비척 흔들린다

하지만, 불러도 대답없는 사람들이여!
우린 이렇게 다리를 건너서 만날 수 있는데
너흰 그렇게 가까이 있으면서

왜, 불러도 대답이 없니?
불러도 불러도 대답 없는 사람들이여!

*유치원 선생님

우리 선생님은 눈이 셋
우는 아이 장난치는 아이 다 돌보시느라
앞에도 뒤에도 눈이 있고

우리 선생님은 귀가 넷
여기서 선생님 저기서 선생님 다 들어주시느라
머리 위에도 귀가 있고

우리 선생님은 손이 다섯
넘어진 아이 뾰로통한 아이 다 일으키시느라
여기도 저기도 손이 달려 있는데

언제나 선생님 가슴속에선
여섯 줄기 일곱 줄기
기쁨의 샘물이 솟아난대요

*이발소 거울 앞에 앉아

이발소 거울 앞에 나란히 앉아
아빠 머리 내 머리에 눈이 간다

아빠 머리 내 머리, 아빠 얼굴 내 얼굴,
둥글넓적 들창코 번갈아 바라보며
이발소 거울 앞에 나란히 앉아
말없이 싱긋 웃어 본다
아빠 머리 내 머리, 아빠 얼굴 내 얼굴….

*재하야
— 손자 돌날에

우리 샛별이 재하야,
시원한 이마 반짝이는 눈
온 세상이 반짝이누나
온 세상이 환하구나

이제 종종걸음 걷다가
들을 향해 달려가겠지
가다가 넘어시너라도
털고 일어나 달려가자꾸나

저 하늘빛 받아
눈 맑게 틔우고
시원한 바람 마시며
참나무처럼 튼튼히
미루나무처럼 곧게 뻗어라

네 힘센 팔다리로
넘어진 사람 일으켜 주고
우는 사람 달래 다오
하늘빛 받아
이 세상 어두운 곳
비추어 다오.

*인디언들이 배우는 법

아메리카 인디언들은 무엇이나 잘
가르쳐주지 않았단다
"일일이 다 가르쳐줄 수는 없다.
시간이 지나면 알게 된다."
라는 말만 되풀이했단다

가령, 네 가지 색의 '제의(祭衣) 리본'을
가져오라 하면
제사 인디언은 밤새 마을길을 헤매다가
문득 네 가지 색이 '밤의 어둠, 아침의 태양,
식물의 초록, 하늘의 푸르름'임을 깨닫고
"아하!"
탄성을 지르며 가져다 드렸단다
그러면 스승 인디언은,
"바로 그거야. 마음으로 깨닫는 거지."
하며 반색을 하셨단다.

*저녁밥

언제나처럼
엄마는 오늘도 저녁밥을 차리신다

이렇게 쌀쌀한 날씨에도 불을 지펴
밥에 뜸을 들이고 국을 데우고
콩나물을 무치고 묵은김치를 꺼내어
잘 닦인 밥상 위에
허옇게 김이 나는 밥그릇을
올려놓는다

꼬르륵 소리가 나는 뱃속을 달래며
"잘 먹겠습니다!" 외치자마자
허겁지겁 숟가락을 드는 나,
마음 깊은 곳에선
오늘 학교가 즐거웠다고
왠지 오늘 하루가 뿌듯했다고
소리친다

*전철 안의 팽이 장수

늦은 시간 전철 안에서
어떤 사람이 통로에 서서
"승객 여러분…"
하며 주위 승객들을 둘러본다
무슨 물건 하나를 들어 보이곤
손잡일 돌려 바닥에 놓으니
팽글팽글 잘도 돈다

그새 어디선가 나타난
열차 안 경비 아저씨,
냅다 그 팽이를 걷어차 버린다
너무하지 않느냐는
승객들의 시선에도 아랑곳없이
계속 팽이 장수를 노려본다

주섬주섬
떨어져 나간 팽이 조각을 주워 모아
고개를 숙이고
조용히 열차 안을 빠져나가는
팽이 장수의 뒷모습이
허수아비처럼
허전하다

*제삿날에

제사를 지내다가 어느 결에
잠이 들었나 보다
아빠 굵은 목소리에 퍼뜩
정신 차려 보니
모였던 사람들 다 일어서고
엄마가 내 귀에 대고
속삭이셨다
"느이 할아버지
어느새 가버리셨다!"

그래서 보니,
아닌게아니라 할아버지께서
빠끔히 열어놓은 샛문으로
빠져나가
아빠가 금방 살라버린
지방(紙榜) 연기 따라
위로 위로 올라가신다

지붕 위로….

*저녁에 · 1

으스름 물드는 저녁
먼 하늘 본다
누군가 날 부르듯
그리움에 젖는다

한 집 두 집
불이 켜지고
하늘에도 깜박깜박
별이 켜진다

내 안에 잠자던
작은 꿈들도
하나 둘 불을 밝히며
떠오른다

*조선소 견학

20층 아파트보다 더 높은
지금 막 바다에 뜨려는 저 유조선!
지금 나는 사람의 꿈이 얼마나 큰 지를
보고 있다

블록과 블록을 합치고 쇠와 쇠를 땜질하며
힘과 힘을 합치면
저렇게 큰 배가 만들어질 수 있음을
앞으로 앞으로 전진하고픈 마음으로
모터를 달아 바다에 띄우면
저렇게 힘찬 배가 만들어질 수 있음을

지금 나는 제9도크까지 꽉 찬
불굴의 굉음 소리를 듣고 있다

*쥐

쥐들은 오늘도 데모를 한다
왜 우리만 마루 밑에서 살아야 하느냐고
왜 우리만 남의 곡식 훔쳐먹어야 하느냐고
입을 비쭉거리고
짹짹거리며 호소한다
왜 우리만 보면 사람들이 잡아 죽이려 하느냐고
우리도 밝은 데서 떳떳이 살고 싶다고
혹 우리가 해롭게 보일진 몰라도
그건 우리의 뜻이 아니라고
곁눈질하며 흘깃흘깃 달아난다

쥐들은 오늘도 반항의 꼬리
길게 감으며
사람 눈을 피해 쏜살같이 달려가
마루 밑에
숨는다.

*짚신짝

짚신짝 한 켤레
섬돌 위에 덩그마니 놓여 있다

황토벽 두른 초가집 흙돌 위에 놓여
우리 할아버지들이 신던 짚신짝
우리 할머니들은 늘 미투리 한번 신고파 했지
그걸 신고 돌부리에 차이며 들에 나가
아침부터 저녁까지 일했겠지
그걸 신고 험한 산 누비며 활과 창 들어
외적과 싸웠겠지

섬돌 위 구두 옆에 놓인 짚신짝 한 켤레
오늘은 어딜 가려고
저렇게 얌전히 앉아서 기다리고 있을까?

제4부

'할머니의 사진' 등
15편

*차마고도

말이나 야크 등에 찻잎 싣고
히말라야 산길에 늘어서서
마방*들이 차마고도**를 간다
윈난성 쓰촨성에서 티베트까지 멀고 먼 길을
산허리를 돌고 좁은 절벽길에 붙어
아슬아슬하게 걸어서 간다.

가고 또 가고 이 길 끝에 이르러서야
식구들 먹일 양식 구할 수 있으니…,
호수를 건널 땐 쇠줄에 매달려 가고
산마루에 올라서선 높이 쌓은 돌탑에
울긋불긋 갖가지 소망 띄우며
한 걸음 한 걸음 눈산을 헤치며 간다.

산이 높고 험할수록 믿음은 깊어
애오라지 부처님께만 몸 바짝 붙이고
삼보일배 몸 던져 큰절 올리며

입 꾹 다문 마방들이 차마고도를 간다.

*말 등에 짐을 싣고 장사하러 다니는 사람들
**중국에서 티벳 지방까지 이르는 히말라야 산길

*치명자산 · 1

솔잎이 푸르다, 하늘이 푸르다
성직자 묘지에 다다르면
돌아가신 성직자들 다시 서품 서약* 올리듯
누워계시고,
아래를 내려다보면 소나무 가지 사이로
우리가 두고 온 시가지가
아련히 손짓한다

산마루에 이르면 유요한과 이누깔다의 묘,
순교 약속하고 끝까지 동정부부 지키셨다는
기적 같은 이야기
빨갛게 가슴 속에 피어오르고….

그 옆에 자리잡으신 순교자님들,
누우신 채 높은 하늘 가리키시며
날마다 우리에게 순교하라 이르신다
하늘이 푸르다, 솔잎이 푸르다.

*서품 서약: 천주교에서 신부님이 되기로 맹세를 올리는 예식. 그중에 엎드려서 올리는 장면이 있다.

*'콩쥐 팥쥐'를 읽다가

'콩쥐 팥쥐'를 읽다가
엄마가 부르시기에
심부름을 갔다

돌아와 다시 책을 읽다가
"청소 좀 해라." 말씀에
마루를 닦았다

다시 책을 읽다가
또 부르시는 소리에
짜증이 났다

일어날까 말까, 일어날까 말까
망설이다가
콩쥐처럼 엄마 말씀에
따르기로 했다

펼쳐 놓은 책 속에서
콩쥐가 빙긋이 웃고
팥쥐가 실눈을 뜨고
손뼉을 쳤다.

*최루탄

순간, 나도 그애와 똑같다고 생각했다
나도 그애처럼 귀머거리에다 코찔찔이,
그애처럼 곧잘 잘못을 저지른다
그애가 깁스한* 내 발을 밟아
욱신욱신 아프기는 했지만
'잘못했다'고 비는 그애에게 내가 더 미안했다
그애의 손을 잡고,
아픈 내 다리를 잡고 다시 일어서는 순간
어랍쇼! 갑자기 코가 매옴하더니
뭉클, 내 눈에 솟구치는 눈물을 참을 수가 없었다
'주루룩-'
나는 또 가슴 따뜻한 최루탄에 맞았나 보다.

*깁스: 다치거나 부러진 곳을 석고붕대로 감아 고정함.

*키 크는 방법

어제 어느 행사장에서
키 큰 피에로 아저씨가 내게 다가와
"안녕하세요? 아가씨!"
인사한 뒤,
풍선이랑 이것저것 만들어 주고
우릴 웃기기 위해
손짓 발짓까지 하며
갖은 애를 다 쓰셨는데…,

우리도 웃음 머금고
바지 속에 긴 목발 신고
누군가에게 무엇을 해 주기 위해
애를 쓴다면
틀림없이 그 아저씨처럼
키가 큰 사람이 될 수 있겠다 싶었다
그치요? 맞지요?

*고층 아파트 사람들

저렇게 높은 곳에 사는 사람들은
너무 높아
들어갈 때나 나올 때
비행기 타는 것처럼
아슬아슬하겠다

아래를 내려다볼 때마다
눈이 핑 돌겠다
인제 떨어질지 몰라
조마조마하겠다

저렇게 높은 곳에 사는 사람들은
사방 유리에 싸여
비가 오나 바람이 부나
매일매일 자기 집 유리창을 닦아야
바깥세상을 볼 수 있겠다

매일매일 자기 마음을 닦아야만
다른 사람 마음까지 볼 수 있겠다

*트럼펫 소리

나도 다시 일어서면
저 트럼펫 소리가 되고 싶다

지금은 숨이 차 말이 나오지 않지만
이 수술 끝나고 다시 집에 돌아가면
산바람 마시고 건강한 내 허파 되찾아
듣는 가슴 시원히 씻어주는
저 씩씩한 소리가 되고 싶다

지금 내 목에 붙은 가래 털어내고
맑은 숨만 되찾는다면
잔잔하다가도 파도처럼 일어서는
저 힘찬,
세상의 매캐한 연기 닦아주는
저 트럼펫 소리가….

*하늘 동네

뭉게구름 뚫고
푸른 벌판 속으로 새들이 날아간다
바람이 펄럭이며 달려오고
햇살 끝에서
잠자리가 날아 나온다.

눈을 들어 하늘을 보면
그 동네 어디쯤,
우리가 늘 부르는
'하느님 아버지'가 살고 계실까
어디쯤에서 우릴
바라보고 계실까.

*할머니의 사진

돌아가신 뒤에도 할머닌
우릴 보고 계신다.

6·25 때 할아버질 여의시고
아버지 다섯 남매를 키워 오신 우리 할머니,
고생 끝에 굵어진 손마디가 부끄러워
손을 감추시곤 하셨다던 우리 할머니,
이따금 가슴에 찬비라도 내리면
돌아앉아 눈물을 훔치셨다던 우리 할머니,

그때 우린
할머니 곁에 잘 가지도 않았었지.
그런 할머니가 중풍이라는 병을 오래 앓다
끝내 가셨다.

하지만, 이제 그런 일은 다 잊었다는 듯
이윽히 우릴 내려다보며

조금은 쓸쓸한 표정이시다
할머니, 죄송해요…,
생전에 할머니 품에 안겨
아양 한번 떨어보지 못한 이 손녀가
너무 죄송해요.

*할머니의 지팡이

우리 집에 오실 때
보물처럼 챙겨 현관 한쪽에 놓으시며
"나 나갈 때 쓸란다." 하셨는데
아직도 그대로 있다

"장에 한번 나가보실래요?"
엄마가 권해도
"느이들 귀찮게…."
손사래 치시던 할머니,
수술했던 다리가 아프시다며
자꾸 다리를 감싸 쥐시던 할머니,

할머니는 이제 누워만 계시는데
지팡이만 현관 한쪽에 오두마니(*각주) 서서
어서 나오시라고
한번 일어나 나가 보시라고
기다리고 서 있다.

*'오도카니'의 방언. 작은 사람이 넋이 나간 듯이 가만히 한자리에 서 있거나 앉아 있는 모양.

*할아버지 · 2

그 연세에도 우리 할아버진
성악가가 되시겠다고
날마다 날마다 산에 올라
발성 연습을 하신다.

아, 아름다운 우리들의 지난날이여
에, 애오라지 우리가 바라는 것은
이, 이 세상 하늘처럼 맑아지게
오, 오직 이 목소리 닦고 또 닦아
우, 우리가 사는 세상 노래하고파.

오늘도 앞산 소나무 그루터기에서
피나도록 연습에 연습을 거듭하시다가
바람 청중만 너무 허허로워
목이 메어 터덜터덜 돌아오신다.

*항아리 채우기

여기 항아리 하나가 있다
물, 모래, 자갈, 큰 돌로 항아리를
채우려면
어떤 순서로 넣어야
항아리를 그득 채울 수 있을까

만약 네가 항아리라면
그리고 물, 모래, 자갈, 큰 돌이 각각
너를 만들어 주는 인생의 한 과정이라면
차례로 무엇부터 넣어야
그 안을 가득 채울 수 있을까
무엇부터?

*호랑이의 진화

처음엔
온 산 울리는 저 호랑이의 외침도
얼룩얼룩 얼룩진 호랑이의 무늬도 없고
태초에 하느님이
호랑이를 동산에 내려놓았을 때 그땐
호랑이도 무서워 털을 세워 떨다가
소리치다가
점점 저렇게 우렁찬 목소리가
되었을 거야

처음엔 호랑이의 얼굴도
귀여운 아기호랑이 얼굴이었지만
맹수들을 만나 도망치며 노려보다가
눈 부릅뜨고 인상 쓰며 달려들다가
저렇게 얼굴에 무늬를 두르고
눈에 불을 켠
호랑이 얼굴이 되었을 거야.

*환자와 물리치료사

마주 보고 서서 공을 주고받는다
서로 붙잡고 걸음마를 한다
하나는 다리가 아파서 울고
하나는 다리를 펴 주느라 울고 있다

오늘은 울지만 내일은 웃으리
이 소망 가슴에 품고
하나가 업혀 가면서 웃고 있다
하나가 업고 가면서 웃고 있다

*현수막

누가 쳐다만 보아도
숨고 싶은 나,
나도 언젠가는 저 현수막처럼 우뚝
남 앞에
나설 수 있을까?

누굴 만나도 빙그레 웃으며
속으로만 반가워하는 나,
배를 내밀며 바람에 흔들리는
저 현수막처럼
나도 언젠가는 껄껄 웃으며
남 앞에 악수를 청할 수 있을까

키가 작아 늘 마음이 졸아드는
나,
나도 언젠가는 저 현수막처럼
높은 곳에서 펄럭이며

우쭐우쭐
뽐낼 수 있을까?

기쁜 축복임을 느끼며

이 시들을 마음이 외로운 어린이들에게 바칩니다.

또한 어렸을 적의 나에게도 바칩니다. 나도 어렸을 적에 많이 외로움을 느끼며 살았거든요. 6·25로 아버지를 여의고, 5학년 때에는 어머니와도 같이 살 수가 없어 우린 고향을 떠나 대전에서 살게 되었지요. 거기서 초등학교, 중학교를 거쳐 고등학교를 졸업할 때까지 거의 8년 동안을, 물론 좋은 일도 많이 있었지만 나는 거의 나 혼자만의 생각과 외로움 속에 묻혀 산 것 같아요.

그래서, 나중에 그때를 생각하며 이런 시들을 쓰게 되었고, 그 시들 속에서 마음의 위안을 느끼게 되었습니다. 하나하나가 다 작은 시들이지만, 시 한 편, 한 편을 쓰면서 우리말의 아름다움을 새삼 깨닫곤 했지요, 이런 시를 쓰는 일은 고통스러우면서도 너무나 크고 기쁜 축복임을 느꼈습니다.

　저의 제1동시집은 1990년도에 출간되었었는데, 절판되어 지인들에게 나눠 드리기 위해 재발간하게 되었고, 제3동시집과 제4동시집은 이번에 새로 정리하여 출간해 여러분들에게 올리고자 합니다.

　이 시들을 동심을 갖고 살아가는 모든 청소년, 어른들께도 바칩니다. 이 중에 어느 것 하나라도 읽고 좋아하는 이가 생긴다면 얼마나 좋을까요?

2025년 3월
지은이 진 홍 원

이발소 거울 앞에 앉아

진홍원 지음

발행처   도서출판 **청어**
발행인   이영철
영업   이동호
홍보   천성래
기획   육재섭
편집   이설빈
디자인   이수빈 | 구유림
제작이사 공병한
인쇄   두리터

등록   1999년 5월 3일
        (제321-3210000251001999000063호)

1판 1쇄 발행 2025년 3월 20일

주소   서울특별시 서초구 남부순환로 364길 8-15 동일빌딩 2층
대표전화 02-586-0477
팩시밀리 0303-0942-0478
홈페이지 www.chungeobook.com
E-mail   ppi20@hanmail.net

ISBN   979-11-6855-324-8(03810)